KB023961

출렁이는

본심

출렁이는 본심

박초림 시집

차례

1부

2부

3부

1부

다시 봄이다

시장 가신 어머니
꽃 핀 작은 화초 하나 사 오셨다

허리를 오므렸다 폈다 하시며
꽃삽 들고 화분 갈이 하느라
허리를 끙끙 앓으시는데

아버지 한 말씀 흘리신다
다시는 화초 안 산다더니

사는 게 어디 마음먹은 대로 됩디까!

화초 심는 일에 사는 얘기가 왜 나오나 싶다가
죽도록 미운 사람도 그리울 때 많은데
붉은 꽃 피우는 화초가 싫을 리 있겠는가

작년 이맘때 분갈이하다 허리 삔 날
다짐 한번 했던 소리인 것을

장날

산 꿩 목청 돋우는 소리
아무것도 아닌 일 이리도 설렐까
풀 냄새 화들짝 일어서며
쏟아지는 볕을 떨고
꽃 진 자리에 깃을 터는 새소리
봄 한나절을 쪼그리고 앉아
도라지 까고 정구지 다듬어
함초롬히 펼치는
울 엄니 마음도 그러할까
수면에 놀던 바람 방천길을 지나가고
구름은 잡힐 듯 자꾸만 뒤척이는데

대기 중

공용주차장 입구 바리케이드가 있다

이유를 묻지 않고 쉽게 허락할 수 없나

빨간 배꼽 곁으로 몸을 밀어
급한 마음 전하면 그때야
혀를 쏙 주며 안으로 오라 팔 들어 올린다

고속도로 톨게이트 하이패스 차선은
먼 거리에서도 알아보는 사이여서
가까이 가기도 전 얼른 팔 걷어 반긴다

생겨나면서부터 저렇듯
나를 향해 활짝
기다리는 사람 하나 있으면

무엇에도 흔들림 없이
내가 서 있고 싶은 사람 있다면

>

치고 지나가 버릴까 조마조마하지 않는 사람

잊지 말아요, 자동판매기 커피

신중히 생각하고 나를 선택했잖아요
이미 당신 손에 있는데 급하게 서두를 필요 있나요
다른 맛이랑 같이 취급하지 말아요
데일 만큼 뜨거운 속마음 알잖아요
음미하듯 천천히 입맞춤해요
밑바닥까지 다 보일지라도 두 손에 감싸여 오래 있고 싶
어요

뒷전인 저를 사랑하는 거 맞나요
입가심 정도로 여기거나, 편해서, 자투리 시간 메꾸는
건 아니겠지요
당신이 처음 내게 올 때 다르게 보지 않았어요
나를 빤히 들여다보는 시선, 한마디씩 뱉는 푸념, 지친
얼굴에
한숨 쉴 때마다 내 중심을 기울여 위안이고 싶었어요

한동안 소식 없으면 궁금해요
나만 응시하면 안 되나요

어제처럼 휴대폰 만지며 딴생각 말아요
한눈팔다 애써 찾은 여유 금세 식어버려요
화려해 보이는 테이크아웃의 미각은 따라가지 말아요
많은 값을 치러야 하니까요

벌써 갈 시간이 된 거예요
우리가 함께 보낸 시간 쭈그러뜨리지 말아요
잊지 않고 또 오신다면
적정 온도 유지하며 꼼짝없이 기다린 저를 드리겠어요

청개구리

정작 비 오는 날은 조용하다
하늘에 달이 높아 엄마 부른다

해 저문 동구 밖에 나가
오지 않는 엄마 기다리다
언니 훌쩍일 때
나도 덩달아 울었던 밤

무논에 풀린 달빛 한바탕 홍건한데
쌓인 생각이 저리 깊어
와글와글 꺼내느라 목이 쉰다

언니는 내가 그치기를 바라며 울고
나는 언니가 울지 않기를 바라며 울고

억수장마 온단다
맨발로 쏘다니지 마라

엄마를 보낼 수도 안을 수도 없어서
속속들이 선명한
쏟아지는 마음

맛있는 그녀

퇴근하는 그녀만 보면 배가 고프다

쓰러지지 않으려고 앙버티는 그녀
애루한 방에 들어서자
낡은 속옷을 보이는 아줌마다

냉장고와 개수대 앞을 오가는
탄력 잃은 엉덩이
멀어진 두 다리
삐딱한 허리 동선
한참 동안 미각을 자극한다

언제부턴가 진득이 내 곁에 있지 않아
허술한 내가 할 일은 그녀를 달게 먹는 거

그녀는 여전히 밥을 뜨는 둥 마는 둥
흘린 땀과 피를 거두고

나는 아무런 기색 없이 절룩이며 그녀를 지나

다시 또 멀리, 사각 숲에 모로 누워

맛있는 그녀를 놓칠까

헐거워진 깃털을 고른다

선풍기

지난여름 이후 한동안 보지 못한 너와
밤낮없이 뜨거운 시간 보내고 싶다

불면의 밤을 낱낱이 지켜본 목격자
언제나 처음처럼 쌩쌩
선풍을 불러일으킬 줄 알았는데

이제는 낡은 철망 속에서
덜덜 고개 흔들며 시시로 끊기는
너의 진술은 믿을 수 없어

네가 없는 밤, 견딜 수 있을까

점점 뜨거워지는 몸
노련한 너의 바람기를 원한다

서랍을 펼쳤다

방바닥에 떨어진 머리카락 하나 그냥 두지 못하고
무딘 손끝에 침 발라 기어이 주우시던 엄마

서랍장 깊숙이 넣어둔 옷을 꺼내 펼쳤다, 어제처럼
접었다 펼쳤다 심연을 말리듯 되풀이하는데
정리도 갈무리도 아니다

이곳까지 안고 오신 게 철 지난 옷뿐이겠는가

비는 밤새 창턱에 매달려 아우성치고
엄마는 외진 방 서랍에 매달려 웅얼거리고

오늘은 아무도 몰라보신다

화려한 기억 속에 갇혔다

다시 오월

죽어서도 함께 계시고 싶었을까!
한날한시에 가신 부모님 하나의 봉분 속에 누워 있다

오월, 어두운 옛집에 와
마르지 않은 우물 퍼 올리며 눈물을 마신다

허물어진 축담에 놓인 신발 그대로
무심하게 지낸 시간 들추자
뭉클, 낡은 기억 선명하게 쏟아낸다

아무런 기별도 없이 안마당에 몸을 굴리는 잡초
굽은 호미처럼 사신 삶, 무성하다

이제 어디에 꽃웃음 있을까!
화단에 채송화 꽃잎 닫고 잠잠하다

처마 밑 제비당반에 놀던 가족도 뿔뿔이 흩어져 아니
오고

멀리 갔다가 되돌아가는 길인가
낯익은 새 한 마리 빈 빨랫줄에 앉았다 날아간다

대문 활짝 열어 대비로 마당 쓸고
온기 잃은 아궁이 둥구리 넣어 군불 지핀다

어디쯤에서 다시 만날 수 있을까!
하루만이라도 지지배배 지지배배 예전같이 살았으면

아늑한 고향집
하루해가 아쉬워 울컥울컥 대청소한다

할매 분식

학교라고는 먼발치로만 보았다는 할매
배움으로 가는 길목을
여태 떠나지 못하고 있다

한창 클 때는 배가 든든해야 한다,

책가방을 멘 학생들에 싸여
초등학생이 되었다가 중학생도 된다

못 배운 것이 한이지, 그 병은 낫지를 않아

등받이 없는 의자에 켜켜이 앉은 주름
승강장처럼 비스듬히
학교 소식 받아 적는다

오징어 김말이 고추튀김 떡볶이
지문 닳은 손으로 오밀조밀 담은 글씨

다리가 뽀얀 여고생

할머니가 퍼 준 온기 받아

소리 없이 핀다

관심

세상에는 눈치 없이 매달려야 하는 경우도 많아
까딱 잘못하면 도랑에 빠지고 말았을 텐데
나무가 얼른 가지 하나 내리어
올라서게 잎새를 물린 일

멋모르고 거리로 뻗어 나가다
발길에 밟혀 주눅 들어 있을 때
그쯤이야 별일 아니라며 넝쿨손이 척 당겨 주는 일

아무렇지 않은 건 아무것도 없어
너를 놓지 못한 지금

농염한 호박 달빛에 떨어질까
지그시 받아 주는 일도

그렇게 해야만 오롯한 사랑이듯
끝까지 모른 체하지 않아
함께 출렁이는 본심

더 가까이

어느 만큼 함께 가다가 버려진 건가
다시 일어설 기력이 없도록

외딴집 할머니 그 마음 아는 듯
골자가 빠진 빈속 가득
허기를 채우듯 고운 소망 담았다

할아버지 보내시고 처음 들인
더는 굴러갈 수 없는 폐타이어

흙바람 폴폴 날리는 한 뼘 땅
울타리로 나란히 누워 가족이 되었다

이십 년 병구완으로 지친
몸, 낮추고 앉아
적을 수 없는 이력을 주고받으며 견딘다

깨꽃

참깨를 털어 방앗간에 온 분홍꽃
쪽마루에 걸터앉아 차례를 기다린다

알곡 담은 보자기를 풀어헤치는
일흔 살의 노정, 기름을 짜듯 빠져나가고

검은 깻묵처럼 줄어든 몸
동그랗게 말고서 추석을 굴린다

고소한 냄새 따라 방앗간에 들어온 햇살
참기름병 신문지로 꽁꽁 감싸며
흙의 지문을 감추는 손, 한참 비춘다

뭐라도 줄 게 있어 다행이다,
불그레한 뺨에 피어나는 주름꽃

마른 깻단 같은 걸음 가까스로 옮기는데
기름병을 놓칠까 조마조마 따르는 그림자

이쑤시개

식당을 나서며 버릇처럼 잇새를 후빈다

나를 다치게 한다는 거 알면서도
습관이 되어 버린 나쁜 행동
순간을 참지 못해 끝내 속을 더 후벼 놓았다

여태껏 지내면서 뾰족한 이쑤시개보다
부드럽고 둥근 혀로
다치는 말을 얼마나 했는지

대강 듣고 대충 답하고 슬쩍 넘기며
혹은 예민하게 받아치며
사이를 넓히는 이쑤시개같이
마음과 마음을 가르는 행위를 했는지

너와 헤어진 식당을 나서며 알았다

2부

급보

가로수 연두에
마음 두근거리던 날

과속으로 질주하는 차에
벌써 떨어져서는 안 되는
잎, 잎들
역풍을 만나
내 앞에
떨
어
졌
다

볕 좋은 봄날

믿기지 않은
부음을 받았다

딸기

텃밭에서 따온 딸기 한 소쿠리
그중에 달고 맛있는 거 골라
다 큰 아들 주고
나머지는 주스를 만들어 냉동 보관한다

밭에서도 집에서도
멀쩡한 거 하나 변변히 못 먹고
믹서기에 붙은 잔류가 아까워
물 받아 흔들어 마신다

물도 딸기 주스도 아닌 밍밍한 그 맛
슬쩍 윙크로 받아넘긴다

싱거운 주스를 마시고 홍조에 젖어
배부르다, 다리 쭉 펴고 앉은
그녀, 딸기향이 감돈다

가시

두릅나무를 톱으로 자르다 가시에 찔렸나 보다

반지를 끼워 준 나를 믿었던 그때처럼
가시 박힌 손 내게 주고 눈 꼭 감는 아내

침침한 나는 아내의 생살을 들쑤셔 놓고
찾지 못한 가시는 자꾸 아내를 찌른다

맨몸으로 세상과 맞서야 했던 신혼 시절
지참금으로 빈 독에 쌀 들이고
냉골에 연탄불 넣어 나를 녹여 준 아내

첫 봉급 들고 뛰어간 날
쏟아진 핏덩이 몰래 묻고
된장에 고추 찍어 매운 눈물 찔끔거리다
떠난 아이가 준 선물이라며 눈물 훔치던 아내

이십칠 년을 끄떡없이 지탱해 온 아내를 생각하다

온몸에 가시 돋친 나를 본다

아내를 콕콕 찌른 건 두릅나무 가시가 아니었다

가족, 그 이름만으로

묶여 있던 개가 새끼를 뱄다
옆집 개가 수상하다

밖에서 옮겨 온 나를
상처 없는 꽃으로 키우다
제 꽃자리 누르며 살아 오신 어머니

다른 곳을 기웃거리는 옆집 개
눈길 옮긴 사정도 실꾸리에 올려
이음새 안 보이게 단단히 매듭지었다

아무도 모르는 보이지 않는 길의 기다림
먼먼 기억의 가닥 끊어질까
연줄에 나를 맡기고 조용히 있었다

엉킨 실타래 마디 풀려 늘어난 다섯 식솔
적막한 노후에 말동무라 하시더니
흙발을 물어뜯는 애물단지

어미젖 떼고 사료비 만만찮다

개 삽니다, 개
확성기 소리 따라 올려다본 먼 집
나를 떼어 낸 가족은 오지 않는 봄

어미 품이 하늘처럼 넓어진 남은 강아지
기우는 봄볕에 아픔을 녹이고 있다

봄밤, 아프다

가난이 싫어 돈 벌어 온다던 언니
배가 불러 돌아온 날
숨기고 싶은데 별수 없이 드러나는 진통

그냥 벌면 되는 줄 알았지
피면 그대로 꽃인 줄 알았지
호기심에 부푼 봄밤이 소란하다

자고 나면 소복이 떨어진 감꽃
더 줍겠다고 다툼질하고서
꽃목걸이 만들어 걸어 준 언니

가난을 밀어내려다 덧난 상처
마른 감꽃 같은 입을 막고 속앓이 푼다

마음이 붙들린 자리에 슬쩍
잇따라 번지는 비릿한 양수 냄새
땅을 밟도록 허락하는 봄

>

억누르다 나온 꽃잎

몰래 뚝 베어 물고

어딘가 달아나고픈 처량한 밤

어머니라는 이름엔 단내가

대청마루에 걸터앉아 어머니 사과를 깎으신다

어머니의 사과 깎기는 지루하고 길어
굽은 그림자와 곧은 그림자의 거리가 멀게 느껴질 때
그때서야 잠시 고개 들어 내 쪽으로 밀어 주신다

껍질의 시작 부분을 조심스레 잡고 기다리면
마치 어머니 품속으로 들어가는 것 같다

사과 하나 깎는 일에도
두 손이 몇 바퀴를 돌아야 하는 것처럼
어머니라는 이름이 그러하다고
가족의 입안에 맴돌아야 한다고
남겨진 껍질처럼 언뜻언뜻 흘리신다

아픈 곳을 가리고
제 몸을 내려놓고
몇 번이나 자르고 싶었던 고비도

일생 놓지 않아야 할 끈인 듯
넘어온 손에는 무수한 전선이 배어 있다

집으로 가는 길

자라면서 나는 단 한 번도 절름발이 아버지가 이상하지
않았다

초등학교 때만 해도 아버지는 나보다 빨리 걸었다
열다섯 살이 되고
아버지와 함께 다니는 걸 슬며시 피했다

천천히 따라갈 테니 앞장서 가거라

아닌 척 우물쭈물 걷다 기다릴 때
한사코 나를 밀어 절룩절룩 뒤처지는
아버지는 아는 것이다

땅바닥에 닿는 고르지 않는 발소리
여태 얼마나 고단했을까!
간간이 나를 세워 돌아보게 했다

흙먼지 일면 숨어 버리는 작은 마을

어귀에 서면 금세 도착하던 우리 집
아버지를 앞장서 걷던 날 유난히 멀었다

집으로 돌아가는 웃음소리

와불산* 저녁놀 소리 없이 젖어 내리면
뜨겁게 달구어진 공단
살아서 빛나는 불빛을 헤아려 보겠네

가쁜 춤 추며 몰려다니다
수풀 속으로 찾아드는 날갯짓 소리

흥에 겨워 흐르는 낙동강
반짝이는 윤슬 위에 노을이 타는 시간

끝부분을 지우며 어둠은 번져 오고
길어진 제 그림자를 데리고
집으로 돌아가는 사람들의 웃음소리

새벽별을 이고 나가 진종일 맴돌다
기다림으로 발그레한 얼굴들이 있는
환한 불빛 속으로 돌아가는 웃음소리 듣겠네

* 경북 구미시에 있는 금오산(金烏山)을 인동 쪽에서 바라보면 마치 부처
  님이 누워 있는 모습 같이 외불신이라고도 헌디.

목침을 베고

아버지 방에 목침이 누워 있다
마지막 놓고 간 그 자리에서
꼼짝없이 얼마나 기다렸나
시간의 먼지를 덮고 잠들었다

아버지의 고단함을 덜어 준 나무 베개
어릴 때 느꼈던 아버지의 팔베개처럼 단단하다

방안 가득하던 아버지 냄새, 다 어디로 갔나

천장에서 요란하던 쥐들도 떠나가고
내려앉은 천장 아래 그들의 배설물 말라 있다

생기 잃은 목침 곁으로
기우는 해가 잠시 들어왔다 빠져나간다

찰떡궁합

반신불수 아내를 대신해 결혼식장에 다녀온 그가
바지 주머니에서 찰떡이 담긴 종이컵을 내민다

뭐 하러 가져왔어, 먹지도 않을 것을

그의 행동이 창피스러워 외려 핀잔을 준다
화려한 군중 속에 부득이 홀로 된 남편
온갖 음식 앞에서 아내를 생각한 거다

떡고물도 없이 꾹꾹 일그러진 형태 남편을 닮았다

종이컵 속에 구겨진 맛
은밀히 나누는데
미소가 떡고물처럼 붙는다

탯줄

상병으로 진급하여 휴가 나온 공군 헌병과
달콤한 한 주를 지냈다

부대로 복귀할 시간 다가오니
못다 퍼 준 밥 생각에 목이 멘다

터미널까지 태워 준대도 마다하고
마당 어귀에서 나를 꼭 안아 주고 돌아선다

멀어져 가는 사내의 뒷모습
자꾸만 눈에 밟혀
무사하길 신신당부하는 내 목소리 가늘어진다

저만큼 가던 길 멈추고
차마 돌아보지 못하고
공연히 군화 끈을 고쳐 매는 손, 가늘게 떨린다

얼마나 더 헤어지기를 반복해야

모자간의 정이 밥주걱처럼 무디어질까!
어느 지점 끝에서 탯줄은 잘리려나

나무 지팡이

다리 하나가 기형인 아버지는
내가 태어나기 훨씬 전부터 지팡이를 짚고 다니셨다
밀어 주고 당겨 주는 이 없는 길에서
나무 지팡이를 목숨처럼 붙잡고 앙버티는데
자꾸만 한쪽으로 치우치는 숨소리

이제는 털끝만 스쳐도 넘어진다, 마음 같지 않아

메마른 외로움에 중심이 흔들린 날
술이 거나하게 취해 일어서지 못했다

사지가 든든한 나는 몇 번이고 받쳐 업고
아버지 걸음걸이로 집으로 올 때
멀쩡한 내 다리 하나가 몰래
아버지에게로 옮겨 갔다

혼자 밤마다 말도 없이
마루 끝에 서 있는 아버지

달력

퇴근길에 남편이 달력을 들고 왔다
아직 보름이나 남은 달력 위에 새 달력을 건다

다들 붙잡고 싶어 하는 세월
직장 생활이 얼마나 고달프면 얼른 가기 기다리나!
한 장 한 장 넘겨 보는 얼굴에 시름이 가득하다

먼지와 쇳가루에 찌든 작업복
새 달력 옆에 기우뚱 걸렸다

두 아이 대학 졸업 후 번듯한 직장 구할 때까지
몇 년 더 졸라야 하는 허리
달력 아래 모로 눕는다

막내딸 시집이라도 보내고 눈을 감아야지 하시던
친정아버지가 되어 간다

3부

오래된 동행

도심, 한누리공원 팻말 앞에
할머니 세 분 다정하시다

굳어 있던 관절 봄 햇살 아래 유연해지고
손목을 부여잡고 나누는 이야기
목련나무를 흔들었는지
가지마다 꽃봉오리 빼꼼히 나와 엿듣는다

하수구 옆 살구나무 겨우내 놓지 않은 수액
꽃으로 앉힐 채비로 고심인데
졸음에 겨웠던 지팡이 할머니 손에서 벗어나
한가로이 낮잠을 즐긴다

서로를 찾아 나서서 한자리에 앉아
끊임없는 외풍을 오래도록 막아 주고 있다

봄볕이 필 때

따스한 봄 따라 공원에 온 사람들
나무 아래 소박한 평수의 돗자리 깔고
하염없는 볕을 누리며 주름꽃 폈다

걸음을 배운 아이는 자꾸만
엄마 품에서 벗어나 밖으로 니기고
왕개미는 부지런히 돗자리 안을 기웃거린다

봄 길 가장자리를 들추는 바람도
숲의 새도 할 말이 많은 한낮
도망가는 그늘 따라 한때의 살림이 이사 간다

왕벚꽃에 모여든 벌 떼처럼
야단스레 봄을 즐기는 무리

비눗방울 분분히 떠다니는 동락공원
여기저기 달뜬 화음 잡힐 듯 말듯

할미꽃

울타리 노란 개나리야 뒤엉켜
사방으로 웃든 말든
해 저물도록 고개 한번 안 든다

지난해 만난 제비꽃
보랏빛으로 물든 속 보이며
변함없는 사랑 고백에도
아는지 모르는지 눈길 한번 안 준다

봄볕에 헐거워진 흙을 두드리며
한 생각만 하는
간절함이 온몸에 있기 때문이다

허리 일으켜 세울 즈음
아, 흰머리

사랑초

휴일 아침 베란다로 나가 빨래를 너는데
누가 빤히 올려다보고 있지 않겠어요
몸 낮추고 자세히 보니
며칠 전에 왔는데 몰랐더냐며
가녀린 몸에 꽃을 내밀지 뭐예요

알아채지 못한 것이 미안해
해 질 무렵 다가가 눈을 맞추려는데
그사이 삐친 건지, 입을 닫고 웃지 않는 것이
모르쇠로 등을 보이지 않겠어요
그냥 돌아서기가 뭣해서 서성거리니
햇빛 좋을 때 오라는데,
끌어안고 살고 싶더라니까요

그래요,
당신을 버리지 않을게요

백년초

너와 나 백년가약 맺어 함께하면
아무도 근접 못 하게 가시 두르고
같은 곳 바라보는 백 년 꽃 필까!

하나도 숨김없이 손바닥 펴고 지내다
행여 이름값 못 하고 돌아눕다
찌르는 일 생겨도
다치지 않게 애쓰면
멀어지지 않을 거야

바늘보다 작은 가시가
눈에 잘 보이지 않는 그 가시가
실은 서로 지켜 주는 몸짓말이고

먼 훗날, 정신이 가물가물 흐려져
아무런 기억 못 한대도
오직 한 사람만 들이는 울타리로 있는 거야

꽃무릇

돌아서는 마음도 저리 고울 수 있다면
나도 네게 무릎 꿇고 싶다

지나간 흔적도 남기지 마라
어떤 기막힌 연애가 이렇듯 깨끗할까

살아 있는 동안 만나지 못해도
처음부터 하나였다는 거짓말

한마음 곧게 펼치다 뚝 끊어 놓고
상처라 하지 않는 애타는 심정

함께하지 못한다는 거 알았다면
그토록 꼿꼿이 기다리지는 않았을 터

너무 흔한 사랑은 말자
너무 흔한 인연 붙잡고

분갈이

끈질기게 매달리는 판매원 그녀처럼
주어진 틀에 박혀 버린 습성
아무리 빼내려 해도 쉽게 놓지 않는다

버거울 때는 쉬는 게 최선이므로
화분에 물을 주고 밤을 보낸다

어우러지다 오히려 엉겨 붙어
제대로 펴지 못한 발돋움
속절없다, 왈칵 쏟아 낸다

상처가 다시금 꽃이 되기를 바라며
퍼석한 기억 털고, 사연 많은 잔뿌리 자른다

자세를 고칠 때마다
짧은 치마 사이로 보이는 속살
솔깃한 말로 미래 보장을 외치는
그녀를 옮긴다

아픈 딸

아침 밥상머리에서 딸아이가 말한다
동생만 좋아한다고
따뜻한 밥 먹다가
아래로 치우치는 사랑에 제 손을 뻗어
서운했던 극점을 꺼내어 올린다

퇴근길에 생리 중인 딸을 불러
딸이 좋아하는 뼈다귀해장국을 마주하고
뼈와 뼈 사이에 있는 속살 조심스레 바른다

진짜 엄마가 고픈 딸
달그락 밑바닥을 긁는다

미안해 엄마,
내가 잘할게

식탁 밑 저린 두 발이 툭, 툭
피가 통한다

근린공원

공중화장실 앞에서 낯선 할머니가 말을 건다
점심 잡쉈어예?

나를 아는 이로 착각하셨나,
얼떨결에 고개 끄덕이며 답했다

느린 몸을 가진 할머니
홀로 앉아 있는 할아버지 곁으로 간다
점심 잡쉈어예?

공원을 돌며 아무에게나 인사인 듯,
전해야 할 물음인 듯, 말을 걸지만
누구의 답도 듣지 못한다

공원에 온 사람들을 악의 없이 건드리는 말씀
정자와 벤치 그늘 깊은 곳으로
여태껏 떠받들고 다니는 밥상

궁핍과 외로움을 숨겨온 내 눈빛 탓인가,
할머니 내게 와 다시
점심 잡쉈어예?
주검까지 가져가야 할 말씀 불쑥 던진다

재잘재잘 훔쳐 듣던 참새 떼
흘린 밥풀 찾아
단풍을 기다리는 공원수에 쪽쪽 매단다

마음이 동하다

아파트가 밀집해 있는 도로에 일요일마다 장이 선다

두부 한 모 사 들고, 좌판에 벌여 놓은
싱싱한 활기를 기웃거리는데
난전에 봄을 놓고 할머니 소리친다

쑥 사 가요, 마지막 한 소쿠리 남았어요
꼭 보면 마지막 하나가 안 나간다 카이,

눈을 피하는 내게 애원하듯
혼잣말인 듯

사무치는 말에 연민을 느끼지 않은 이 있을까!

어머니 생각에 저만치 비켜서서 보니
빨간 소쿠리에 쑥이 듬뿍, 보란 듯이 웃고 있다

일요장에 갔다가 판매의 전술을 배우고 왔다

보이는 것에서 보이지 않는 것으로

무더운 날, 그늘을 찾다가
연못에 피어 있는 수련을 보았다

나보다 먼저 자리 잡은 인공 연못이었다

바쁘게 달려야 하는 나와 무관하게
물속에서 서두르는 일 없이 유영하는 게 좋았다

오늘, 다시 들여다보니
다음 꽃을 위해
물 밑 제자리로 은밀히 들어간 꽃이 있었다

지지 않는 건 꽃이 아니라는 듯
다시 물 밖으로 나올 수 없는
그곳에서 뿌리를 지키고 있다

한평생 젖어 살다 겨우 꽃대 올린
그걸 모르고 부러워했다

시루에 핀 노란 꽃

티 없이 좋은 것만 골라 물에 불린다

어디로 튈지 모르는 콩
물의 말에 귀 기울이며 발 하나 내밀고 있다

지난 생이 되돌아보일 때 남의 말이 들어온다던가

딱딱하게 굴던 콩 어두운 시루 속에서
젖은 몸 풀어 의지하며 일어서고 있다

콩나물 두어 줌 뽑아내자
버티고 있던 외발 일제히 기운다

무수히 흘려보낸 말 되받아 새기며
노랗게 밀어 올린 꽃을 본다

등나무에 기대어

흩어졌다 모이는 바람의 온도 엮어
꽃그늘 의자에 앉혀 두고
연보랏빛 마음의 말 펼쳤다

긴긴 한낮 햇볕 아래 서로
몸을 당기며 괜찮냐고 묻는
눈물 나는 사랑을 본다

비우고 깨우친 자리에 얽힌 상흔
감당할 수 없을 때 파고든 품속으로
껴안고 갈 수밖에 없는 듯 비빈다

아무 생각 안 해요

통증을 견디다 못해 밖으로 나와
시든 채로 몸을 쬐고 있는데

강아지와 산책 나온 이가
내 앞을 지나간 사람을 당겨 인사 나눈다

은별이는 아직 아픈가요? 안 보이네요

내 귀가 따라간 거리까지
애완견의 근황이 한참 동안 붉다

시간이 내려앉은 목련꽃 한 접시
빤히 마주 보는 사이
이역의 바람이 지나간다

버려진 화분처럼 무게 없이 앉아
먼 곳으로 갔다는
나와 상관없는 은별이를 생각한다

\>

이 통증 은별이가 좀 가져갔으면

봄빛 그늘에 지는
아, 개만도 못한

4부

개미

간다, 바쁘게
간다, 앞만 보고
보이지 않는 선창을 따라 멀리

한 번쯤 가던 길 이탈하면 안 되나?

나무둥치를 지나
가랑잎 소리 남기며
끝없이 진행 중인 장례 행렬

이것저것 가릴 것 없는 지상에서
잠시도 짬을 내어 쉬지 않은 발

어디가 시작이고 어디로 가는지,

어둠별 속으로 첩첩준령 넘어가는 엄마

걷지 못하는 새

돌아보니 잠시도 몸을 내려놓지 않았다

날개를 접으면 안 되는 줄 알아
주저앉고 싶을 땐 더 높이 날았다

횟빛길에 넘이져도
어디쯤 쉴 곳이 있다 믿었다

날지 않는 새를 외면하는 사람들
타인에 길들여진 날개는 접기마저 거부한다

이제 다시
속도를 중요시하는 무게를 버리고
유유히 날기로 했다

그런 시절 있었다

요즘 나는
아들의 말을 한 번에 알아듣지 못한다
몰라 되물으면
큰 소리로 말해 준다

그래도 못 알아듣고
또 묻는다
짜증 섞인 설명이 돌아오고
그때야 알아듣는다

나도 내 아이 적 시절에
봉분 속에 드신 그분도
지금 나처럼 묻고 또 물으셨다

그다지 복잡지도 않은 말을
왜 한 번에 척 알아듣지 못하는지
번번이 대꾸하고 싶지 않을 때 있었다

어머니가 굽은 등으로 나를 어떻게 키우셨는지
내가 몰랐듯

아이야!
지금은 이런 나를 이해 못 하겠지

아이야! 너는
혼자 찬밥을 삼키는 날 없기를

대궁밥

밥을 푸다 보니 참 어중간하다
다 먹자니 많을 것 같고
남기자니 한 끼 밥도 안 되는 양

내 어렸을 때 어머니는
대궁밥을 소중히 모아 찬장에 두셨다

몸살 앓던 날, 따신 음식 받아먹고 누워
부엌문 사이로 설핏 본 건
대궁밥을 물에 말아 쪼그려 앉아
허기를 달래는 어머니 모습

자꾸만 뒤척이는 내게
걱정스레 이마를 짚는 손이 유난히 거칠고 차가웠다

이러지도 저러지도 못하는 처지에 있을 때
괜찮다, 다 살아지더라 다독이며
따신 밥으로 나를 일으켜 세운 어머니

>

그날은
꼴 베러 가기 싫었는데
다 나았다는 거짓말을 했다

달을 안고

유난히 배가 나온 남편은 외출할 때면
나에게 무엇을 입을까 묻는다
그럼 나는 입고 싶은 거 입으라 한다
어차피 가려지지 않는 뽈록한 배, 흰머리까지
영락없는 아저씨다
한 살이라도 낮추고 싶은 남편은
서운한 듯 재차 묻지만 내 대답은 같다
밤하늘의 별도 따 주겠다던 멋은 어디 가고
매력이라고는 한구석도 없는 산달의 몸이 되었다
별은 온데간데없고 혼자 차지한 달을 안고
제 나이의 품위라고 넉살은 좋아 웃어도
자꾸만 거슬리는 배가 밉다

봄비

봄비가 내리고 난 뒤, 수만 꽃들이 사라졌다

스스로 질 때, 아무도 의심하지 않았으나
예쁜 게 탈이었다

한창 물이 오를 때 부잣집에 팔려간 순이는
높이 연꽃을 받치고 진흙에 발 담그고 산다

꽃이라는 게
문드러진 아래는 감추고
겨우 꺼낸 미소 아닌가

그렇다 한들
화사한 시간은 금세 지나가고 흔적도 없이
한순간에 정전되는 꽃잎일 줄 몰랐다

야속하게도 봄비가 첫사랑을 앗아 갔다

어머니의 옷장

주정꾼 아버지와 다툼이 있고는
옷장 문을 죄다 열어
잘사는 이모 숙모 친구를 들먹이며

나도 인자는 입다가 주는 옷 안 입을란다

조금만 생각해 달라는데
적당히 간을 맞추며 살자는데

그래요 어머니, 이 옷들 다 버리고
이번 장날 저랑 시장 가요

눈자위가 붉게 마음 다친 어머니
겸연쩍게 웃으시며
뒤섞인 옷가지 다시 슬그머니 거두며

그래도 애야, 입던 옷은 편하고 좋더라

여자 마음 읽어 내지 못하는 아버지를 대신한 것뿐인데
다행인지 고행인지 장날이 여러 번 지나도
어머니의 옷장에 새 옷이 안 보인다

여름밤

시멘트 바닥 맨홀 사이 풀 한 포기 자라고 있다

침침하고 막막한 곳에서
볕을 찾아온 행적은 짓밟혔다

유방암을 앓은 외할머니
한쪽 가슴 도려내고 새살 돋을 시간 없이
잃어버린 유방 닮은 봉분 하나 쌓으셨다

온갖 냄새가 뒤섞인 부엌방에서
더부살이로 지내며
밤이면 견디다 못해
이렇게 살아 뭐하노,
생사의 혼돈 속에 입을 닫았다

날선 구둣발에 대응할 힘은 있는지
불안한 삶에 대한 끈을 놓지 않고
하수를 붙잡고 손을 뻗는 초록

>

너덜너덜해진 살점
더 아프지 않게 지켜 주고 싶은 밤

파도

거기 누가 추적추적 걸어오는가
관찰하듯 음미하며 기어오르는 게
아무래도 되지 않는 세상사
밀어내는 몸부림이건만
어쩌다 헤어나지 못할 그곳에 빠졌나

이미 군사들로 떼를 지어
겨냥해 코앞까지 온 기세는
어찌하여 뺨 한 대 후려갈기지 못하고
농담처럼 물러서나

정말 오지 않겠다

모래 위 시간 죄다 앗아가더니
이내 아쉬워 더 깊이 올라와 껴안는 질투심

그토록 쓰다듬고 탐하고도
성에 차지 않는 너

>

보이고 싶은 마음 드러내느라 멍이 들었다

외가의 단맛

입대 영장을 받은 아들과 함께
찾아뵈려 했던 부모님
입대하고 일 년, 또 한 계절이 지났다

추석이 지난 감나무에 연시가
홍안의 어머니로 우리를 반긴다

생전에 어머니
꼴 베고 오는 나를 기다렸다는 듯
잘 익은 홍시 받쳐 들고
입을 나보다 더 크게 아, 벌리며
숟가락으로 떠 입에 넣어 주셨다

다시 맛볼 수 없는 외가의 단것을
아들에게 주고 싶어 떨어진 홍시 들고
어머니처럼 아, 하고 아들의 입속에 넣어 준다

새빨간 홍시가 아들을 울렸는지

말없이 나를 끌어안는데
참았던 울음이 홍시보다 붉다

하나의 봉분 속에 나란히 드신 부모님
공군 헌병 외손자 보고 계시는지
천지가 온통 가을빛이다

접근 금지

등록금 낸 게 어저께 같은데 방학이란다

집에 와서 잠만 자는 아들
안타까워 한 소리 하니
민망한 듯 실눈 뜨고 웃는다

얼른 일어나 밥 먹어!

응석받이 녀석의 사타구니에 손을 넣으니
황급히 허벅지 근육을 조이며
틈을 주지 않는다

중학생이 되고 어느 날
맨 처음 나온 음모가 신기해
가랑이 벌리고 보여 주더니
왠지 모를 서운함에
그거 엄마가 만들어 줬다!
툭 뱉고 나왔는데

>

언제 따라왔는지 냉장고 문을 열어젖히고
벌컥벌컥 냉수를 삼키는 등판에
(허가 없이 접근함을 금함)
방사선학과 문구가 샛노랗다

이면

으슥한 뒷골목
쓰레기통을 뒤지는 눈과 마주쳤다

서로 움찔 놀랐으나
그도 애써 눈길은 거두지 않고

못 본 척해 달라는 마음과
지켜 주려는 마음
넌지시 오간다

버려진 것에 깃들여
아픔은 보여 주고 싶지 않은 이면

서로 할퀴고 남은
보잘것없는 내용을 절박하게 핥는다

외면은 내면을 지켜 주는 거라고

더 다가갈 수 없게 하는 무언의 신호

또 내침 당하나
가냘픈 비명이 높다

(나비야, 포기하지 마!)

퍼내도 퍼내도 마르지 않는
가족이라는 샘물

김수상 (시인)

대부분의 첫 시집에는 가족에 대한 서사가 많이 등장한다. 특히 부모에 대한 시는 거의 빠지지 않는다. 박초림 시인의 시집은 '가족 시집'이라고 불러도 좋을 만큼 가족의 이야기로 빼곡하다. 박초림 시인의 시를 읽다 보니 문득 김수영의 시가 떠올랐다.

"고색이 창연한 우리 집에도 / 어느덧 물결과 바람이 / 신선한 기운을 가지고 쏟아져 들어왔다 // 이렇게 많은 식구들이 / 아침이면 눈을 부비고 나가서 / 저녁에 들어올 때마다 / 먼지처럼 인색하게 묻혀가지고 들어온 것 // 얼마나 장구한 세월이 흘러갔던가 / 파도처럼 옆으로 / 혹은 세대를 가리키는 지층의 단면처럼 억세고도 아름다운 색

깔— // 누구 한 사람의 입김이 아니라 / 모든 가족의 입김
이 합치어진 것 / 그것은 저 넓은 문창호의 수많은 / 틈 사
이로 흘러들어오는 겨울바람보다도 나의 눈을 밝게 한다"
(김수영, 「나의 가족」 부분)

가족은 "세대를 가리키는 지층의 단면처럼 억세고도 아
름다운 색깔"이 분명하다. 삶이 고통스럽더라도 가족을
위해서라면 못 할 것이 없는 것이 가족이다. "유순한 가족
들이 모여서 / 죄 없는 말을 주고받는 / 좁아도 좋고 넓어
도 좋은 방안에서"(김수영, 「나의 가족」 부분) 박 시인의 가족
들이 함께한 삶의 지층을 시를 통해 더듬어 본다. 가족 가
운데 단연 어머니에 대한 그리움이 압도적이다.

산 꿩 목청 돋우는 소리

아무것도 아닌 일 이리도 설렐까

풀 냄새 화들짝 일어서며

쏟아지는 볕을 떨고

꽃 진 자리에 깃을 터는 새소리

봄 한나절을 쪼그리고 앉아

도라지 까고 정구지 다듬어

함초롬히 펼치는

울 엄니 마음도 그러할까

수면에 놀던 바람 방천길을 지나가고

구름은 잡힐 듯 자꾸만 뒤척이는데

—「장날」 전문

시인의 어머니는 소아마비로 다리를 저는 남편과 함께 육남매와 시부모와 친정엄마까지 모시며 생활을 꾸려 나갔다고 한다. 생업으로 담배 가게를 하며 현풍 장날에 좌판을 열고 "봄 한나절을 쪼그리고 앉아" 도라지도 팔고 정구지도 팔았다. 그 어머니는 아버지가 개조한 세 발 오토바이 옆자리에 타고 신호를 기다리고 있다가 교통사고로 한날한시에 돌아가셨다. 오월이었다고 한다. 지금 그 어머니 없지만 산 꿩은 목청을 돋우고 수면에 놀던 바람은 방천길을 지나가고 구름은 잡힐 듯 자꾸만 뒤척인다. 어제까지 있었는데 오늘은 없다. 생사生死의 이별이 그렇다. 그 말과 그 온기로 다시 만날 수 없다.

죽어서도 함께 계시고 싶었을까!
한날한시에 가신 부모님 하나의 봉분 속에 누워 있다

오월, 어두운 옛집에 와
마르지 않은 우물 퍼 올리며 눈물을 마신다

허물어진 축담에 놓인 신발 그대로

무심하게 지낸 시간 들추자
뭉클, 낡은 기억 선명하게 쏟아낸다

아무런 기별도 없이 안마당에 몸을 굴리는 잡초
굽은 호미처럼 사신 삶, 무성하다

이제 어디에 꽃웃음 있을까!
화단에 채송화 꽃잎 닫고 잠잠하다

처마 밑 제비당반에 놀던 가족도 뿔뿔이 흩어져 아니
오고
멀리 갔다가 되돌아가는 길인가
낯익은 새 한 마리 빈 빨랫줄에 앉았다 날아간다

대문 활짝 열어 대비로 마당 쓸고
온기 잃은 아궁이 둥구리 넣어 군불 지핀다

어디쯤에서 다시 만날 수 있을까!
하루만이라도 지지배배 지지배배 예전같이 살았으면

아늑한 고향집
하루해가 아쉬워 울컥울컥 대청소한다

— 「다시 오월」 전문

부모님이 돌아가신 오월, 옛집에 시인이 와 있다. 축담은 허물어지고 안마당엔 잡초가 무성하다. 처마 밑 제비도 뿔뿔이 흩어졌지만 시인은 대비로 마당도 쓸고 온기를 잃은 아궁이에 군불을 지핀다. 채송화 꽃잎도 잠잠하고 꽃웃음도 없다. 하루만이라도 제비처럼 지저귀며 오순도순 살고 싶은 열망이 드러나 있다. 삶은 훨씬 더 풍요로워졌지만 마음은 가난해졌다. 일인 가구는 늘고 있고 고독사도 늘고 있다. 지지배배 살고 싶다.

공용주차장 입구 바리케이드가 있다

이유를 묻지 않고 쉽게 허락할 수 없나

빨간 배꼽 곁으로 몸을 밀어
급한 마음 전하면 그때야
혀를 쏙 주며 안으로 오라 팔 들어 올린다

고속도로 톨게이트 하이패스 차선은
먼 거리에서도 알아보는 사이여서
가까이 가기도 전 얼른 팔 걷어 반긴다

생겨나면서부터 저렇듯
나를 향해 활짝
기다리는 사람 하나 있으면

무엇에도 흔들림 없이
내가 서 있고 싶은 사람 있다면

치고 지나가 버릴까 조마조마하지 않는 사람
                                    —「내 기 숭」 전문

  좋은 비유는 인생을 바꿀 수 있다는데 재미있는 시다.
시인은 사물에 온기를 불어넣고 마침내 생명으로 숨 쉬
게 한다. 주차장에 가면 만날 수 있는 바리케이드를 통해
시인은 환대받고 싶은 마음을 드러내고 있다. "먼 거리에
서도 알아보는 사이여서 / 가까이 가기도 전 얼른 팔 걷어
반"기는 사람은 누구일까. "생겨나면서부터 저렇듯 / 나를
향해 활짝 / 기다리는 사람 하나"는 아마도 박초림 시인에
게는 가족임이 분명하다. 삶의 고통이 인생을 가만두지 않
아도 바리케이드처럼 늘 그 자리에서 대기하며 환대해 주
는 사람이 있으니 그 사람들 때문에 생의 괴로움을 견뎌
낼 수 있는 것이다. 이 시 외에도 ¹잊지 말아요, 자동판매

기 커피」라는 시에서는 화자인 자동판매기를 통해 사랑받고 싶은 간절한 마음을 표현하고 있다. 가족은 편도片道의 사랑이 흐르는 관계가 아니다. 사랑을 주는 만큼 받고 싶기도 한 것이다.

정작 비 오는 날은 조용하다
하늘에 달이 높아 엄마 부른다

해 저문 동구 밖에 나가
오지 않는 엄마 기다리다
언니 훌쩍일 때
나도 덩달아 울었던 밤

무논에 풀린 달빛 한바탕 흥건한데
쌓인 생각이 저리 깊어
와글와글 꺼내느라 목이 쉰다

언니는 내가 그치기를 바라며 울고
나는 언니가 울지 않기를 바라며 울고

억수장마 온단다
맨발로 쏘다니지 마라

엄마를 보낼 수도 안을 수도 없어서
속속들이 선명한
쏟아지는 마음

—「청개구리」전문

　자식은 부모에게 청개구리다. 생전에는 어긋난 길로 다니며 어긋난 일만 저지르다가 부모가 떠난 후에 목 놓아 우는 것이다. 일을 나간 엄마를 기다리는 자매의 시간이 눈에 환하게 보이도록 드러난 시다. "무논에 풀린 달빛 한바탕 흥건한데 / 쌓인 생각이 저리 깊어 / 와글와글 꺼내느라 목이 쉰" 청개구리. "언니는 내가 그치기를 바라며 울고 / 나는 언니가 울지 않기를 바라며 울고" 서로 마주 보며 우는 풍경이 애틋하고도 정겹다. 마주 보며 우는 시간을 엄마라는 그리움이 가득 채워 준다. 박초림 시인에게 엄마는 퍼내도 퍼내도 마르지 않는 샘물과 같다. 그리고 엄마는 끝까지 자식을 걱정하는 존재다. "억수장마 온단다 / 맨발로 쏘다니지 마라" 때때로 삶은 억수장마와 같아서 대책 없이 쏟아지는 비에 젖을까, 자식이 보이지 않는 곳에서도 애를 태우는 것이다.

　아버지 방에 목침이 누워 있다

마지막 놓고 간 그 자리에서
꼼짝없이 얼마나 기다렸나
시간의 먼지를 덮고 잠들었다

아버지의 고단함을 덜어 준 나무 베개
어릴 때 느꼈던 아버지의 팔베개처럼 단단하다

방안 가득하던 아버지 냄새, 다 어디로 갔나

천장에서 요란하던 쥐들도 떠나가고
내려앉은 천장 아래 그들의 배설물 말라 있다

생기 잃은 목침 곁으로
기우는 해가 잠시 들어왔다 빠져나간다

—「목침을 베고」 전문

어머니가 물컹하고 말랑해서 만지고 안기고 싶은 존재
라면 아버지는 커다란 나무 같은 존재다. 나무에서 생겨난
목침. 롤랑 바르트는 어머니가 돌아가신 날부터 「애도 일
기」를 썼다. 눈앞에 있을 때는 몰랐지만, 사랑하는 사람의
상실을 통해 거대하고 긴 슬픔을 경험하는 것이다. 많은
시인들이 어머니를 그리워하고 애도했지만, 아버지를 애

도한 시인이 있는지 나는 잘 모르겠다. 딱딱한 나무 같은 아버지가 남겨 놓고 떠난 부재의 상징물이 목침이다. 아버지는 어떻게 저 나무토막을 베고 잠들 수 있나, 어른들은 이해불가다, 이렇게 생각하던 시절은 꿈같이 흘러 버렸고 나도 목침을 베면 뒤통수가 시원해지고 잠들 수 있는 나이가 되었다. 아버지라는 존재는 목침과 같은 존재가 아닐까. 무뚝뚝하고 퉁명스럽고 딱딱한 존재. 하지만 오래도록 변치 않고 그 자리를 지켜 주는 침묵의 존재가 아버지가 아닐까. 아버지의 든든한 팔베개 같은 목침도 시간의 먼지를 덮고 깊은 잠이 들었다. 누구나 나중엔 깨어나지 않는 깊은 잠이 들 것이다.

자라면서 나는 단 한 번도 절름발이 아버지가 이상하지 않았다

초등학교 때만 해도 아버지는 나보다 빨리 걸었다
열다섯 살이 되고
아버지와 함께 다니는 걸 슬며시 피했다

천천히 따라갈 테니 앞장서 가거라

아닌 척 우물쭈물 걷다 기다릴 때

한사코 나를 밀어 절룩절룩 뒤처지는
아버지는 아는 것이다

땅바닥에 닿는 고르지 않는 발소리
여태 얼마나 고단했을까!
간간이 나를 세워 돌아보게 했다

흙먼지 일면 숨어 버리는 작은 마을
어귀에 서면 금세 도착하던 우리 집
아버지를 앞장서 걷던 날 유난히 멀었다

—「집으로 가는 길」 전문

시인의 아버지는 소아마비로 한쪽 다리가 불편했다. 한
쪽 다리를 전다는 것은 삶의 한쪽이 기운다는 것이다. 태
어나면서부터 한쪽이 기운 아버지. 어린 딸은 자라면서
"아버지와 함께 다니는 걸 슬며시 피했다"라고 고백한다.
어른이 되어 딸의 걸음은 아버지보다 빨라졌다. 아버지는
"천천히 따라갈 테니 앞장서 가거라" 하신다. 하지만 딸의
마음은 "땅바닥에 닿는 고르지 않는 발소리"에 가 있다.
모녀의 걷는 풍경이 눈에 선하다. 흙먼지 일면 숨어버리는
작은 마을까지 아버지를 앞장서 걷던 날, 집은 유난히 멀
었으리라.

다리 하나가 기형인 아버지는
내가 태어나기 훨씬 전부터 지팡이를 짚고 다니셨다
밀어 주고 당겨 주는 이 없는 길에서
나무 지팡이를 목숨처럼 붙잡고 앙버티는데
자꾸만 한쪽으로 치우치는 숨소리

이제는 털끝만 스쳐도 넘어진다, 마음 같지 않아

메마른 외로움에 중심이 흔들린 날
술이 거나하게 취해 일어서지 못했다

사지가 든든한 나는 몇 번이고 받쳐 업고
아버지 걸음걸이로 집으로 올 때
멀쩡한 내 다리 하나가 몰래
아버지에게로 옮겨 갔다

혼자 밤마다 말도 없이
마루 끝에 서 있는 아버지

—「나무 지팡이」 전문

몸이 불편한 사람에게 세상은 더 야멸차고 냉정하다. 아
버지의 한쪽 다리를 대신한 나무 지팡이. 생계를 책임져야

하는 아버지에게 그 지팡이는 삶의 버팀목이었을 것이다.
"밀어 주고 당겨 주는 이 없는 길에서" 아버지는 "나무 지
팡이를 목숨처럼 붙잡고 앙버티"셨다. 술로 외로움을 달
래서 몸을 가누지 못한 날에는 딸이 아버지를 업고 왔나
보다. 아버지가 딸을 업는 것은 봤어도 딸이 아버지를 업
는 일은 드문 일이다. 그러면서도 원망은커녕, 멀쩡한 다
리 하나를 몰래 아버지에게 옮겨 주고 싶을 만큼 딸은 아
버지를 연민과 사랑의 태도로 바라보고 있다. 나무 지팡이
처럼 혼자 밤마다 말도 없이 마루 끝에 아버지는 아직도
서 있다. 아버지는 자식들의 지팡이가 되었으나 나중엔 자
식들이 아버지의 지팡이가 될 것이다. 아름답고 눈물겨운
지팡이들이다.

두릅나무를 톱으로 자르다 가시에 찔렸나 보다

반지를 끼워 준 나를 믿었던 그때처럼
가시 박힌 손 내게 주고 눈 꼭 감는 아내

침침한 나는 아내의 생살을 들쑤셔 놓고
찾지 못한 가시는 자꾸 아내를 찌른다

맨몸으로 세상과 맞서야 했던 신혼 시절

지참금으로 빈 독에 쌀 들이고
냉골에 연탄불 넣어 나를 녹여 준 아내

첫 봉급 들고 뛰어간 날
쏟아진 핏덩이 몰래 묻고
된장에 고추 찍어 매운 눈물 찔끔거리다
떠난 아이가 준 선물이라며 눈물 훔치던 아내

이십칠 년을 끄떡없이 지탱해 온 아내를 생각하다
온몸에 가시 돋친 나를 본다

아내를 콕콕 찌른 건 두릅나무 가시가 아니었다

— 「가시」 전문

　시인이 남편이 되어서 쓴 시다. 시란 것이 참 묘해서 이
렇게 처지를 바꾸어 놓고 쓰면 대상이 환하게 보인다. "맨
몸으로 세상과 맞서야 했던 신혼 시절 / 지참금으로 빈 독
에 쌀 들이고 / 냉골에 연탄불 넣어 나를 녹여 준 아내"가
두릅나무를 톱으로 자르다 가시에 찔렸다. 남편은 신혼 시
절의 삶의 매운 기억을 떠올린다. 시인은 상대방의 자리에
서 자신을 바라보며 매운 눈물의 시간을 들여다본다. 아름
다운 산의 능선을 보려면 산을 빠져나와 산의 반대편에서

바라봐야 한다. 가파르고 험한 산길을 빠져나와 비로소 산의 능선과 마주할 때 산의 아름다움과 마주할 수 있는 것이다. 살아낸 모든 삶은 그래서 다 아름답다. 아내를 찌른 건 가시가 아니라 삶이었을지도.

유난히 배가 나온 남편은 외출할 때면
나에게 무엇을 입을까 묻는다
그럼 나는 입고 싶은 거 입으라 한다
어차피 가려지지 않는 뽈록한 배, 흰머리까지
영락없는 아저씨다
한 살이라도 낮추고 싶은 남편은
서운한 듯 재차 묻지만 내 대답은 같다
밤하늘의 별도 따 주겠다던 멋은 어디 가고
매력이라고는 한구석도 없는 산달의 몸이 되었다
별은 온데간데없고 혼자 차지한 달을 안고
제 나이의 품위라고 넉살은 좋아 웃어도
자꾸만 거슬리는 배가 밉다

—「달을 안고」 전문

가시와 매운 눈물의 시간을 지나 달의 시간이 왔다. 살다 보면 삶은 이렇게 또 넉넉해지기도 하는 것이다. 시인이 남편을 바라보는 눈이 장난끼로 가득 차 있는 것은 궁

핍했던 삶이 풍성해졌기 때문이다. "밤하늘의 별도 따 주겠다던 멋은" 온데간데없고 "혼자 차지한 달" 그 뱃살이 이제 밉지만은 않다.

등록금 낸 게 어저께 같은데 방학이란다

집에 와서 잠만 자는 아들
안타까워 한 소리 하니
민망한 듯 실눈 뜨고 웃는다

얼른 일어나 밥 먹어!

응석받이 녀석의 사타구니에 손을 넣으니
황급히 허벅지 근육을 조이며
틈을 주지 않는다

중학생이 되고 어느 날
맨 처음 나온 음모가 신기해
가랑이 벌리고 보여 주더니
왜지 모를 서운함에
그거 엄마가 만들어 줬다!
툭 뱉고 나왔는데

언제 따라왔는지 냉장고 문을 열어젖히고
벌컥벌컥 냉수를 삼키는 등판에
(허가 없이 접근함을 금함)
방사선학과 문구가 샛노랗다

—「접근 금지」 전문

아들과 관련된 시는 이 시 말고도 「탯줄」, 「그런 시절 있
었다」 등이 있다. 아들과 엄마의 해학적인 인정이 그대로
담겨 있다. 엄마 곁을 떠나지 않던 아들은 등판이 넓어져
엄마의 손길을 피하는 나이가 되었다. 모든 자식은 부모가
놓아주지 않아도 때가 되면 자기들이 알아서 둥지를 떠날
것이다. 누군가 말했던가, 자식은 서너 살까지 이미 부모
에게 평생 줄 사랑과 기쁨을 다 주었다고. 그다음은 부모
마음대로 되지 않는 게 자식이라고. 하지만 사랑받으며 자
란 자식은 가족이라는 사랑의 끈은 놓지 않을 것이다. 부
모에게 받은 사랑의 기억으로 또 자기 자식에게 사랑의
유전자를 새기며 삶을 지속할 것이기 때문이다.

아침 밥상머리에서 딸아이가 말한다
동생만 좋아한다고
따뜻한 밥 먹다가

아래로 치우치는 사랑에 제 손을 뻗어
서운했던 극점을 꺼내어 올린다

퇴근길에 생리 중인 딸을 불러
딸이 좋아하는 뼈다귀해장국을 마주하고
뼈와 뼈 사이에 있는 속살 조심스레 바른다

진짜 엄마가 고픈 딸
달그락 밑바닥을 긁는다

미안해 엄마,
내가 잘할게

식탁 밑 저린 두 발이 툭, 툭
피가 통한다

—「아픈 딸」 전문

　나도 딸이 있지만 이런 시간이 있었던가, 반성하게 된
다. 남동생만 좋아한다고 투정하는 딸을 퇴근길에 만나서
좋아하는 뼈다귀해장국을 함께 먹는다. 딸은 함께 먹는 밥
만으로도 충분한 위로를 받았을 것이다. 엄마가 발라 주는
뼈와 뼈 사이의 속살처럼 맛있는 시다. 백 마디의 말보다

이렇게 밖에서 만나 밥 한 끼 함께 먹는 것이 더 큰 위로를
줄 수 있는 것이 아닐까. 함께 먹는 더운밥, 피가 통한다.

　티 없이 좋은 것만 골라 물에 불린다

　어디로 튈지 모르는 콩
　물의 말에 귀 기울이며 발 하나 내밀고 있다

　지난 생이 되돌아보일 때 남의 말이 들어온다던가

　딱딱하게 굴던 콩 어두운 시루 속에서
　젖은 몸 풀어 의지하며 일어서고 있다

　콩나물 두어 줌 뽑아내자
　버티고 있던 외발 일제히 기운다

　무수히 흘려보낸 말 되받아 새기며
　노랗게 밀어 올린 꽃을 본다
　　　　　　　　　　　　　　　—「시루에 핀 노란 꽃」 전문

　박초림 시인의 시 가운데 가장 오래 머무른 시다. 시인
의 시의 방향을 보여 주는 일종의 시론처럼 읽히는 시다.

110

앞에서도 언급했듯이 박초림의 시는 가족들의 서사로 빼곡하다. 아버지와 어머니의 인생, 남편 이야기, 아들과 딸에 대한 사랑, 외할머니 이야기, 공원에서 만난 이웃과 동네 할머니, 모두가 생활의 반경을 조금도 벗어나지 않는다. 멋을 부리려고 애쓴 흔적도 없고 멀리 다녀온 흔적도 없다. 시인의 삶이 통째로 들어있는 시집이다.

시가 삶만큼 정직할 수 있다면 성공한 시라고 할 수 있다. 박초림의 시는 삶의 진정성을 담아냈다는 점에서는 어느 정도 성공한 시라고 할 수 있지만, 과거의 기억에 너무 붙들려 있다는 느낌을 지울 수 없다. 도서관에서 시 창작 강의를 하다 보면 나이가 드신 분들이 쓰는 시의 대부분이 과거에 대한 회고담이다. 부모에 대한 기억, 옛집에 대한 그리움 등이 단골 소재로 등장한다. 시에 등장하는 서사들이 과거의 추억과 부재에 대한 그리움에만 매어 있으면 시는 흘러간 유행가와 같을 것이다. 프로스트는 "처음 발상이 나중까지 남아 있는 시는 전혀 시라고 할 수 없으며 속임수에 불과하다"라고 말했다. 시가 과거만 불러올 뿐, 현재의 삶을 각성시키고 성찰하게 하지 않는다면 시는 무엇이란 말인가. 우리가 시를 쓰는 이유는 시를 통해서 자기의 허물과 마주하고 자신의 부조리한 삶을 뒤집기 위해서다. 그러기 위해서는 내성과 마주하며 대상과 한 몸으로 뒹굴며 때로는 대상과 피 흘리며 싸워야 한다. 내가 망가짐으로써 독자를 행복하게 하는 시가 요즘은 드물다. 내가 삶의 불리한 쪽에 서서 상처받은 존재들에게 위안을 주는 일, 시의 역할도 그런 것이 아닐까. 위안을 주지 못하면 재미라도 있어야 한다. '위안'과 '재미'는 시의 양 날개라고 나는 생각한다. "티 없이 좋은 것만 골라 물에 불"리듯 시인은 언어를 골라서 시를 쓰지만 언어는 어디를 향할지 모른다. 그런 점에서 시는 아는 힘으로 쓰는 것이 아니라 '모르는 힘'으로 써지는 것이다.

"물의 말에 귀 기울이며 발"을 내밀고 있는 콩나물처럼 시는 삶을 향해 발을 내민다. 요즘 시가 어려워진다는 것은 삶이 점점 어려워진다는 것에 다름 아니다. 그러니 생각해 본다. 삶이 어려운데 시까지 어려워지면 어떡하나, 걱정도 되지만 시가 어차피 삶의 뜨거운 국물을 받아 내는 그릇이라면, 가는 데까지 가 보는 것도 좋은 일일 것이다. 박초림의 시는 삶의 진정성을 향해 콩나물처럼 발을 뻗고 있다. "콩나물 두어 줌 뽑아내자 / 버티고 있던 외발"이 "일제히 기"우는 것처럼 함께 기대며 함께 쓰러져 주는 존재, 그것이 가족이 아닐까. 그 힘 아니라면 "무수히 흘려보낸 말 되받아 새기며 / 노랗게 밀어 올린 꽃"을 언제 다시 볼 것인가. 다음에는 더 다양한 대상들과 마주하며 웃고 있어도 자꾸 눈물이 나는 시를 박초림의 시에서 만날 수 있기를 기대해 본다.

시인의 말

당신에게
선물하고 싶어 고르다가
선택을 못 하고 망설이다 돌아온 적 있다.
어떤 것을 좋아하는지
무엇에 관심이 많은지 몰라서
너무 잘 알고 있다고 생각했는데
돌아와 다시 들여다보니
제대로 아는 게 아무것도 없다.
제때 주지 못한 마음 다
당신께 전합니다.

2023년 봄
박초림

출렁이는 본심

초판 1쇄 발행 2023년 3월 13일

지은이 박초림
펴낸이 오은지
책임편집 오은지
디자인 변우빈
펴낸곳 도서출판 한티재 등록 2010년 4월 12일 제2010-000010호
주소 42087 대구시 수성구 달구벌대로 492길 15
전화 053-743-8368 팩스 053-743-8367
전자우편 hantibooks@gmail.com
블로그 blog.naver.com/hanti_books
한티재 온라인 책창고 hantijae-bookstore.com